UN MOT

SUR

LA BUREAUCRATIE;

(SUIVI

DE L'ART DE PARLER SANS RIEN DIRE.

DE L'IMPRIMERIE DE DENUGON.

UN MOT

SUR

LA BUREAUCRATIE.

SATIRE,

A MON AMI G****T,

OFFICIER D'ARTILLERIE, ET CHEVALIER DE L'ORDRE ROYAL
DE LA LÉGION-D'HONNEUR.

> Et l'on prétendrait m'arracher
> Le fouet sanglant de la satire !

PAR MAXIMILIEN L*R*y.

~~~~~~~

PARIS,

AU NAUFRAGE DE LA MÉDUSE, chez CORRÉARD, libraire,
Palais-Royal, Galerie de Bois, n°. 258.
Et chez ALEXIS EYMERY, libraire, rue Mazarine, n°. 30.

~~~

1818.

Les portraits dont se compose cette galerie ont été tracés d'après nature; je pourrais au besoin faire connaître les originaux. Si quelques-uns de nos jongleurs bureaucrates trouvent entre ces esquisses et eux un air de famille, qu'ils s'en prennent à eux-mêmes : mon intention, je le déclare, n'a été d'attaquer personne en particulier, mais les abus en général.

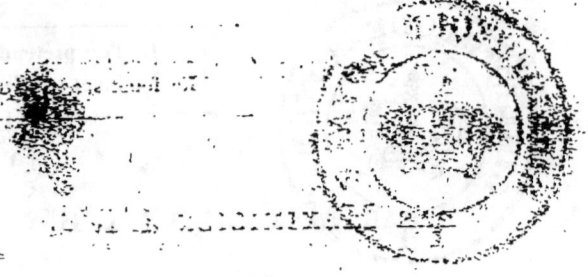

UN MOT

SUR

LA BUREAUCRATIE.

Toi qui voyois jadis chaque jour à ma porte
De mes amis nombreux la joyeuse cohorte,
Te souvient-il encor de ce temps fortuné,
Temps où pour le plaisir je semblois être né?
L'on envioit mon sort; une modeste aisance
Paroissoit pour toujours éloigner l'indigence.
Apprends par quels dégoûts il falloit acheter
Ce bonheur que pour moi tu parois regretter.
Connois donc les bureaux. Dès ma tendre jeunesse
On m'y vit griffonner et griffonner sans cesse :
Peut-être pensés-tu qu'en ces lieux le talent
Est le gage certain d'un prompt avancement?
Non, non. Détrompe-toi ; tout s'y donne à la brigue,
Au petit commérage, aux flatteurs, à l'intrigue.
Ecoute Figaro : « Faut-il un rédacteur?
» De cet emploi les chefs honorent un danseur ! »
Le grand mot : bien public, toujours est dans leur bouche;
L'intérêt général n'est pas ce qui les touche;
Primo mihi, crois moi, voilà tout leur secret :
Hors eux et leur amis nul n'est commis parfait.
Il faut pour ces Messieurs que l'âme se retrempe;
Et, s'il veut parvenir, que le mérite.... rampe.
En suivant cette marche on conserve un emploi.
Mais au bout de vingt ans, que reste-t-il, dis-moi,
De ces nombreux calculs qui t'ont rompu la tête?
Charlatan Bureaucrate, en seras-tu moins bête?

Vainement tu pâlis sur de longs bordéreaux,
D'insipides états, fastidieux tableaux,
A d'utiles métiers sache employer ta vie;
Les lettres, les beaux-arts, appellent ton génie.
Si l'on était certain d'être employé long-temps!
Mais, non. Tous les six mois de nouveaux changemens
Repeuplent les bureaux de nouvelles figures;
Chaque chef, en entrant, place ses créatures,
Prodigue sans pudeur les attributions,
Grades, appointemens, gratifications!....
Ils prennent de l'humeur?..: Ne puis-je sans médire,
Pour fouetter ces Messieurs, employer la satire?
Devant leurs fronts altiers nul ne me vit trembler;
Ils se masquent en vain; je veux tout dévoiler.

    Un monstre est parmi nous, et sa basse insolence,
Sous un air de grandeur, cache son ignorance;
Chacun lit sur son front la sottise et l'orgueil;
Une plume est son sceptre, et son trône un fauteuil;
Il porte de Midas les honteuses oreilles;
Les erreurs, les abus, sont les fruits de ses veilles.
C'est *la Bureaucratie*, au regard suffisant,
Hydre en vain combattu, mais toujours renaissant.

    Le modeste artisan fait un apprentissage;
Mais la Bureaucratie a ce grand avantage
Qu'au sortir de l'école, admis dans les bureaux,
L'enfant, d'un vieux commis revise les travaux!
Peut-on voir de sang-froid ce freluquet imberbe,
Grand administrateur, petit ministre en herbe?
Nos bonaces aïeux présumoient que le temps
Donnoit seul de l'aplomb, mûrissoit les talens.
Qu'ils s'y connoissoient mal! Après la cinquantaine,
A quoi bon un vieillard? Il travaille avec peine;
Peut-on utilement employer ce barbon?
On le met de côté. La foible pension
Lui sert à prolonger sa chétive existence;
Il meurt dans un grenier, voilà sa récompense!

Retourne la médaille et vois ce fat fieffé ;
Il est dans son bureau comme dans un caffé.
Il arrive, et soudain commente la Gazette,
Critique les acteurs, déjeûne à la fourchette ;
Les pieds sur les chenets et tisonnant le feu,
Il babille beaucoup et travaille fort peu :
Il émarge l'Etat, et chaque mois, le trente,
Au lieu d'appointemens, Monsieur touche une rente.
Sans cette bague au doigt que faire le matin ?
Où promèneroit-il son ennui libertin ?
Il tue en se jouant la triste matinée,
Et consacre au plaisir la fin de la journée.
Son budjet est fixé. Le prix de ses travaux
Entretient à la fois et grisette et chevaux.
Tout marche ; cependant. Mais, ce qui me révolte,
L'honnête homme travaille, et l'oisif seul récolte.
Un emploi donne un ton. L'on dit à ses amis :
Le public. – Mon travail. – Mes bureaux. – Mes commis.
On agit en despote.... Oui, la Bureaucratie
Aujourd'hui dégénère en aristocratie !
Vers ces esprits étroits tu diriges tes pas ?
Mon ami, je te plains. Il te faut, en ce cas,
Suivre des ricochets la longue filière,
Et te voir éconduit par un surnuméraire !
Dis-le moi, qui pourroit, sans être courroucé,
Voir ce fat impudent par l'intrigue poussé ?
Il indigne soudain ma muse accusatrice....
Vois de ce vieux soldat la noble cicatrice ;
Il réclame avec droit l'étoile de l'honneur ;
Il voit dans ce ruban une insigne faveur :
Au guerrier dont le sang a coulé pour la France,
Un *commis décoré* parle avec arrogance !....
  Verras-tu sans pitié ces hautains protecteurs
Durement recevoir d'humbles solliciteurs ?
Daigner les accabler du poids de leur puissance,
Et dans les moindres riens mettre de l'importance ?

Traiter l'homme de bien comme on traite un laquais,
Lui promettant toujours et ne tenant jamais?
Sur un simple rapport plonger dans la misère
Celui dont le mérite honore un ministère?
Faire de leur devoir un ignoble trafic?
Vendre avec impudeur leurs momens au public?
Te citerai-je encore ces êtres mercenaires
Qui font de leurs bureaux des cabinets d'affaires?
Et celui qui par ton se montre rarement,
Et quand vous lui parlez écoute en fredonnant?
De ce satrape en vain assiéges-tu la porte.
Il n'a plus qu'à signer. Le temps presse; n'importe
Il est trop affairé; car avec son tailleur,
D'un habit de matin il choisit la couleur (1).

Faut-il donc voir, hélas! la malheureuse France,
De ces nombreux frélons enrichir l'indolence!
La raison parle en vain; malgré ses beaux discours,
Les abus existans existeront toujours:
Qui pourroit extirper ces chancres politiques
Qui s'engraissent ainsi des misères publiques?
Nous vivons, diras-tu, sous un Prince éclairé....
L'aigle, prenant son vol vers l'empire éthéré,
Voit-il l'affreux serpent se traîner dans la fange?
De ces êtres abjects que le mépris nous venge!
Quoi! tandis que Louis consolidant la paix,
Couronne chaque jour de nouveaux bienfaits,
A l'ombre de son nom d'intrigans égoïstes,
Sous le masque nouveau de zélés royalistes,
Prêchent l'économie, et ces caméléons
Enflent impudemment l'état des pensions!

Êtes-vous par malheur victime d'un caprice?
Rien n'en peut réparer la criante injustice.

(1) L'anecdote est vraie.

Les bureaux sont *une île escarpée et sans bords*,
On n'y peut plus rentrer dès qu'on en est dehors (1).
Vous possédez en vain cet esprit de routine
Qui fait du subalterne une utile machine.
Pour soulager l'État n'êtes-vous pas chassés ?
L'État n'y gagne rien. Vous êtes remplacés (2).

    Cet inutile chef, véritable chanoine,
Regarde le trésor comme son patrimoine !
S'il étoit seul encor !.... Mais il a des parens :
Il faut bien employer ses neveux, ses enfans.
Il comble de faveurs son inepte famille ;
Donne un emploi pour dot à l'époux de sa fille.
Par ce chef obligeant aux grades sont admis
Les cousins des cousins, les amis des amis !
Qu'un emploi soit vacant, aussitôt on le brigue,
Et pour ces protégés on cabale, on se ligue ;
De l'utile commis les talens sont perdus,
Et des vieux serviteurs les droits sont méconnus !
Tel est de cet abus l'inévitable suite,
Que la protection seule fait le mérite...;

    Te parlerai-je aussi de ces réformateurs
Qui frappent sans pitié l'homme sans protecteurs ?
Son crime est de déplaire. Apprends que la vengeance
Pour ces hommes du jour est une jouissance.

---

(1) Boileau.

(2) Chaque réforme générale, loin d'être avantageuse au Gouvernement, lui est onéreuse. On peut se convaincre de cette vérité, en comparant les états d'appointemens de 1815 avec ceux de 1818, et en ajoutant à ce dernier le montant des pensions créées depuis quatre ans.

On réforme un individu, un autre le remplace : le trésor public se trouve donc grévé de la pension que l'on fait au réformé ; si l'on ne donnoit la retraite qu'à des vieillards ou à des infirmes ! Mais, non ; on l'a donnée à des hommes d'une trentaine d'années, et qui pourroient encore rendre de longs services.

Eunuques en mérite, ils ont soin d'élaguer
Ceux qui par leur travaux pourroient se distinguer;
Il faut avec ces grands observer la distance;
Une comparaison pour eux est une offense.

Cet autre qui jadis, affublé d'un bonnet,
Se disoit dans un club républicain parfait;
Propagateur zélé des lois de l'anarchie,
Arbora les couleurs de cette olygarchie,
Qui, sous le trompeur nom de simples directeurs,
Aux Français malheureux donna cinq dictateurs;
A peine est-il créé, le pouvoir consulaire
Voit ramper devant lui cet être mercenaire!
Si l'on offroit au peuple une acceptation,
Cet homme ambitieux ne signoit jamais *non!*
Ne vit-on pas tantôt ce masque politique
Mendier des cordons, vouloir la république?
Avec les bons Français crier : *vive le Roi!*
Trop heureux, disoit-il, de vivre sous sa loi?
Arrive un changement; soudain il se fédère!
Louis nous est rendu; de tout cœur il adhère!...
Et ce vil intrigant, à l'ombre des lauriers,
Partage les honneurs qu'on rend à nos guerriers!...
Le soldat croit en lui voir un franc militaire,
Et la croix du mérite orne sa boutonnière!......
Hâtons-nous de voiler cet affligeant tableau;
Il allume le sang. Je tire le rideau.

———

En publiant cet opuscule je me ferme, je le sais, l'entrée des bureaux.
N'importe. Ces Messieurs ne sont encore que dessinés à la silhouette; je
m'occupe en ce moment à les peindre sous toutes les faces.

FIN.

L'ART

DE

PARLER SANS RIEN DIRE.

À L'USAGE DES ÉTRANGERS,

ET DES JEUNES GENS QUI SE DESTINENT AU GRAND MONDE ET QUI DÉSIRENT Y BRILLER.

Par un Membre de plusieurs Sociétés.

J'ai parlé sans rien dire,
Et rien dit en parlant.

BARRÉ, RADET et DESFONTAINES. (*Aubry.*)

AVANT-PROPOS.

Cette plaisanterie fut composée en 1811; j'en fis
tirer quelques exemplaires pour mes amis. D'après
leurs conseils, je voulois lui donner plus d'éten-
due; j'avois même commencé ce travail, lorsque
l'Epitre de M. Chazet sur la Conversation, et le
poëme de M. Delille sur le même sujet parurent.
Comme je ne pouvois alors rien ajouter de neuf
après ces Messieurs, et surtout après ce dernier,
je laissai cette bluette telle qu'elle avoit été d'abord
conçue. Je ne parle du peu d'exemplaires que j'en
ai fait tirer en 1811 que pour éviter tout reproche
de plagiat; les deux ouvrages dont je viens de parler
ayant paru postérieurement.

L'ART

DE PARLER SANS RIEN DIRE.

~~~~~~

On a chanté l'amour, on a chanté la gloire,
On a chanté Bacchus, Achille et la victoire,
On a chanté les Dieux, on a chanté les Rois,
On a chanté la table, on a chanté les bois:
Je chante un nouvel art. Dans mon noble délire
Je prétends enseigner à parler sans rien dire.

O langue! prête-moi tous ces froids à-propos,
Ces insipides riens et ces mauvais bons mots,
Ces calembourgs connus, ces lourdes épigrammes,
Ce langage ampoulé tiré des mélodrames,
Qui, placés avec art, feront sans contredit
Dans l'être le plus sot trouver un bel-esprit.

Etrangers, que le goût a seul guidés en France,
Pour acquérir ce ton, ce jargon, cette aisance
Qui dans tous les pays distinguent le Français,
Et près de vos beautés répondent du succès,
Ecoutez mes conseils. Timide adolescence,
De la société vous l'unique espérance,
Retenez mes leçons; que toujours mes avis
Par vous soient approuvés et soient par vous suivis.

L'art de bien converser n'est pas ce que l'on pense;
Prodiguez de grands mots, c'est la grande science.
Si vous apercevez dans le coin d'un salon
Des gens d'un âge mûr causer avec raison,
N'allez pas discuter, mais, d'un ton emphatique,
Mettez sur le tapis nouvelle et politique;
Partager l'Univers; dans vos vastes desseins,
Donnez et retirez le sceptre aux souverains,

Et d'un air suffisant mettez dans la balance
Les intérêts de telle ou telle autre puissance;
Soyez tranchant sur tout, vous serez applaudi,
Et partout recherché, couru, fêté, chéri.

Si l'on vient à parler de la pièce nouvelle,
N'allez pas, d'Aristote épousant la querelle,
En marquer les défauts, en sentir les beautés,
Raisonner sur le plan, chercher les unités.
N'imitez pas celui dont l'esprit docte et sage
Examine, mûrit, analyse un ouvrage :
Que deviendroit mon art? Nommez d'abord l'auteur,
Effleurez le poëme, et parlez de l'acteur.
Dites, il en est temps, ces vérités connues,
Et dans tous nos journaux mille fois rebattues :
Talma joue à ravir. — *Lafond* est excellent.
— *Mars* peint bien la candeur. — *Damas* a du talent.

C'est ainsi qu'éludant le point que l'on propose,
Vous parlerez beaucoup et direz peu de chose.

Faites des impromptu composés à loisir;
Employez l'équivoque, et vous ferez plaisir.
D'un célèbre marquis empruntez le langage,
Que *de Bièvre* vous guide en votre bavardage;
Il excelle dans l'art d'égayer un discours.
Pour égayer aussi faites des calembourgs;
Ces mauvais jeux de mots, transitions forcées,
Auprès des ignorans tiendront lieu de pensées.

Ce n'est pas tout encore. Dans un cercle brillant,
Il faut, pour captiver, placer adroitement
Quelques vers décousus, lancer des épigrammes,
Et toujours à propos parler modes aux dames.

Que le fredon en vogue anime seul vos chants.
Gardez-vous d'oublier la pluie et le beau temps;
C'est pour les grands parleurs la source intarissable.
Quel plus riche sujet! Il est inépuisable!
Mon baromètre est bon — Le mien est excellent.
— Il indiquoit la pluie. — Il remontoit au vent.

—Il tombera de l'eau. — La chaleur est extrême.
—L'été sera brûlant — Je le pense de même.
Voilà de ces discours qui, semés au hasard,
Sont pour nos vains causeurs le sublime de l'art.

Voyez dans son boudoir la petite-maîtresse;
Elle n'a rien à dire et babille sans cesse.
Parle-t-on de morale? elle parle chanson,
Vous rapporte un bon mot si l'on parle raison;
C'est un bourdonnement, et, dans son verbiage,
Il est question de tout, excepté de ménage.

Voyez dans ce café ces babillards fameux
Assis autour du poële et conversant entre eux;
De mots entrecoupés ils font souvent usage :
Oui.-Mais non.-Si fait.-Car.-Monsieur.-Plus j'envisage.
—Certes.-Il se pourroit!-Le bruit est général.
—Quoi!-Si.-Vraiment?-Ah! ah!-C'étoit sur le Journal.
Exprimez-vous ainsi, parlez avec emphase,
Et de ces jolis riens parsemez chaque phrase.

Recherchez avec soin des mots harmonieux;
De ces mots bien jetés l'effet est merveilleux.

Si l'on parle à quelqu'un citez vite un proverbe;
A ce que l'on répond ajoutez un adverbe.

Courez les lieux publics, les grands jardins, surtout;
C'est pour l'observateur l'école du bon goût.

Pour avoir de l'aplomb, une grande assurance,
Visitez quelquefois *la Petite Provence* (1).

Admirez ces vieillards causant à qui mieux mieux;
Ils se chauffent sans frais, parlent, et sont heureux.
Ecoutez ces rentiers dissertant politique,
Jugeant les cabinets, condamnant leur tactique;
Ils déclarent la guerre, ils demandent la paix,
Ils bavardent toujours, ne raisonnent jamais.

---

(1) Lieu des Tuileries où se rassemblent les rentiers et les politiques, comme autrefois sous le fameux arbre de Cracovie, au Palais-Royal.

Examinez ce fat ne rêvant que toilette,
Sa réputation dans le *beau monde* est faite :
Il vous parle chevaux, spectacles, nouveautés;
C'est le tableau mouvant de nos futilités.
A l'entendre il subjugue, asservit par ses charmes;
La modeste vertu doit lui rendre les armes.
De la pudeur souvent il outrage les lois.
Dans tout ce qu'il vous dit il faudra faire un choix.
Prenez de son jargon le brillant, le frivole,
Et pour le moindre mot donnez votre parole.

Avec attention relisez *les Plaideurs*;
J'y vois dans l'Intimé l'élite des parleurs.
Ouvrez aussi Molière, imitez Sganarelle,
Des grands diseurs de riens c'est le parfait modèle.
Médecin malgré lui, ce docteur-ignorant
Vous offre le patron de plus d'un faux savant :
Il veut parler de tout, jamais ne se démonte.
Savez-vous le latin, dit-il au vieux Géronte?
—Non. — Ah! *Musa, musæ. Bonus, bona, bonum.*
Hic, hæc, hoc. Etenim. Semper. Amo Deum.
Sachez ainsi que lui, pour briller davantage,
D'un très-petit savoir faire un grand étalage.

Je n'en finirois pas s'il falloit peindre encor
Ceux dont le vain babil est pour vous un trésor.
Il faudroit présenter les pédans, les sophistes,
Les éternels conteurs, les froids panégyristes,
Les auteurs de bouquets, les citateurs d'*ana*,
Les ennuyeux plaisans, les sots, *et cætera*;
De la frivolité c'est une foible esquisse.
J'ai tracé le portrait, qu'un autre le finisse.

20